Armas Cotidianas

Cuentos Cortos

Silas Dakar

Copyright © 2025 por Silas Dakar

Todos los derechos reservados. Ninguna parte de esta publicación puede ser reproducida, distribuida o transmitida en ninguna forma o por ningún medio, incluyendo fotocopiado, grabación u otros métodos electrónicos o mecánicos, sin el permiso previo por escrito del autor, excepto en el caso de breves citas incorporadas en reseñas críticas y ciertos otros usos no comerciales permitidos por la ley de derechos de autor. Para solicitudes de permiso, escriba al autor al correo electrónico proporcionado a continuación:

Correo electrónico: **info@silasdakar.com**

Este libro es publicado por Silas Dakar y se imprime a través de este medio. Para más información, **visite: www.silasdakar.com**

Dedicatoria

A mis hijas,
para que nunca pierdan la fuerza
de seguir adelante,
incluso cuando el camino parezca difícil.
Que encuentren en las pequeñas cosas
el valor para enfrentar cualquier adversidad,
y que nunca sean cómplices
de la injusticia con su silencio.
Que sus voces siempre sean
faros de verdad y esperanza.
Papá

Contenido

Poder y Privilegio
    1. La Maldición de los Montenegro   1
    2. El Privilegio de Santiago   6
    3. La Caída de Don Marcelo   11

Silencio y Comunicación
    4. El Silencio de Laura   17
    5. El Pianista del Silencio   21
    6. El Silencio de Teresa   25
    7. Los Susurros de Clara   29

Resistencia y Justicia Social
    8. El Clamor de los Campos   35
    9. La Leyenda de Camila   40
    10. Engranajes de Libertad   45
    11. Las Semillas de Sofía   50
    12. La Última Red   54

Tradición y Cultura
    13. El Color del Carnaval   60
    14. El Lamento de los Cafetales   64
    15. El Peso de los Huesos   70

Sueños y Metáforas
    16. El Último Sueño de Juan   80
    17. El Sueño de Julián   84
    18. El Tren de los Sueños   89
    18. La Fe en la Incertidumbre   92
    19. Los Fragmentos del Viento   95

Acerca del Autor   102

Prefacio

Este libro reúne una colección de cuentos que han acompañado distintas etapas de mi vida. Algunos los escribí en mi juventud, llenos de impulsos y primeras ideas, y los dejé olvidados, como quien guarda algo para volver algún día. Ahora los he rescatado, revisado y actualizado para ofrecerlos en un formato más acorde con el presente, aunque he procurado preservar ese espíritu inquieto que los caracteriza.

A lo largo de los años, las formas de enfrentar los desafíos han cambiado, pero las herramientas son las mismas: palabras, historias y las pequeñas luchas del día a día. Estas son mis armas cotidianas.

En cuanto a la traducción, he tratado de mantener la esencia de cada cuento en ambos idiomas. No siempre he seguido al pie de la letra el texto original; a veces prioricé el ritmo, en otras el tono o la estructura, dependiendo de lo que mejor transmitiera la historia.

Espero que disfrutes estos cuentos tanto como yo disfruté escribirlos y darles nueva vida.

Poder y Privilegio

Capítulo Uno

La Maldición de los Montenegro

El zaguán de la casa del exdiputado Carlos Montenegro era un horno ese mediodía. El aire espeso se pegaba a la piel como una segunda capa de ropa, mientras el murmullo distante del mercado se colaba entre las paredes de adobe. Dos hombres de mediana edad mantenían una conversación en susurros, como si temieran que sus palabras se derritieran en el calor. Ramiro, con su uniforme de comandante de la Policía Nacional, mantenía una postura rígida que contradecía las gotas de sudor que le resbalaban por el cuello. Frente a él, Andrés vestía con una sencillez estudiada, con esa seguridad que solo otorga saber que los hilos correctos te mantienen fuera de la cárcel. Su reputación de ladrón era un secreto a voces que sus conexiones en el Senado habían mantenido en el terreno de los rumores.

—Tiempo sin verte —murmuró Ramiro, cortando el silencio pegajoso de la tarde.

—Lo mismo digo —respondió Andrés con una sonrisa que apenas rozó sus labios—. ¿En qué andas?

—Lo usual. Dirigiendo la penitenciaría Lucero, supervisando que nuestros 'huéspedes' se sientan como en un hotel cinco estrellas —el sarcasmo goteaba en cada palabra de Ramiro—. ¿Y tú?

—Los negocios familiares, ya sabes. Con estos tiempos difíciles, uno tiene que ingeniárselas —Andrés hizo un gesto despreocupado con la mano, como espantando una mosca invisible.

—Me imagino lo complicado que debe ser —Ramiro arqueó una ceja—, especialmente con tanta inseguridad en las calles.

—Ni que lo digas —contestó Andrés—. Ya no se puede confiar ni en la sombra de uno.

Mientras el aire pesado del zaguán cargaba las palabras de dobles sentidos, en la alcoba Carlos Montenegro reposaba en su sillón preferido, el tobillo enyesado elevado sobre un cojín. Su hijo Alberto, siete años de ojos ávidos y curiosidad desbordante, lo observaba como quien contempla a un héroe herido en batalla.

—Alberto, te voy a contar cómo me lastimé —comenzó Carlos, acomodándose en el sillón—. El partido iba empatado y teníamos que ganar. Ya sabes que los Montenegro somos guerreros, la derrota no está en nuestro vocabulario.

El niño asentía hipnotizado mientras su padre tejía la historia: el pase magistral de Orlando, los rivales que caían como fichas de dominó, y ese centro final que hubiera hecho palidecer al mismísimo Zidane.

—Pero —Carlos torció el gesto— el defensa confundió mi pierna con el balón. Y aquí me tienes, dos meses fuera de combate.

La narración se vio interrumpida por una voz que parecía flotar sobre el calor. Era Aurora, el alma de la casa, con su uniforme impecable y esa serenidad que parecía un refugio contra el sofoco del mediodía. Décadas de servicio la habían convertido en algo más que una empleada; era la guardiana silenciosa de los secretos familiares, una segunda madre para Alberto.

—Con permiso, señor.

—Adelante, Aurora.

—Ramiro y Andrés lo esperan en la sala.

—Diles que aguarden un momento. Necesito un

favor de ellos.

—Como diga, señor.

Aurora cerró la puerta con la suavidad de quien conoce el peso de cada silencio. Alberto miró a su padre con ojos de médico en miniatura.

—¿Te duele mucho?

—El día de la fractura fue un infierno —admitió Carlos—. Ahora es más llevadero. Lo peor será la rehabilitación.

—Pero eres un guerrero, ¿no?

—Hasta el final, campeón.

Carlos revolvió el cabello de su hijo, arrancándole una risa que iluminó la habitación. Aurora volvió a aparecer, su figura recortada contra el marco de la puerta.

—Señor, llegó su pensión mensual.

—Déjala en la mesa.

—Su esposa llamó. Dice que es urgente, que necesita que se la envíe.

—No te preocupes, Aurora. Yo me encargo.

La mirada que Aurora dirigió a Alberto fue un poema de dulzura y preocupación, y el niño respondió con una sonrisa que guardaba toda la inocencia del mundo. Había algo en ese intercambio silencioso, una verdad que Alberto percibió sin entender. Cuando quedaron solos, Carlos tomó el dinero y se lo entregó a su hijo.

—Campeón, necesito que me ayudes.

—Lo que digas, papá.

—Lleva este dinero al señor que está en la sala.

—¿A cuál de los dos? —preguntó Alberto, confundido.

Carlos exhaló profundamente, como quien se prepara para soltar una verdad amarga.

—A cualquiera —dijo con una sonrisa torcida—. De todas formas, me lo van a robar.

Alberto tomó el dinero y salió de la habitación con la determinación de un mensajero que no comprende el mensaje que porta. Carlos se quedó mirando por la ventana, perdido en pensamientos que pesaban más que el calor de aquella tarde, mientras una sonrisa amarga dibujaba en su rostro el mapa de una derrota anunciada.

Capítulo Dos

El Privilegio de Santiago

El cambio de carrera de Roberto Arévalo, de ingeniería civil a derecho, había sido una de esas decisiones que alteran el curso de generaciones enteras. No solo le había permitido conocer a la mujer que se convertiría en su esposa, sino que había pavimentado el camino hacia su actual posición como alcalde de la ciudad. Su ascenso había sido metódico: primero como abogado respetado, luego como secretario del partido nacional socialista, y finalmente, el codiciado sillón municipal. Para su hijo Santiago, esta trayectoria no era solo una historia familiar, era el manual de instrucciones de la vida.

Desde que tenía uso de razón, Santiago había observado, fascinado y temeroso a la vez, cómo su padre tejía una intrincada red de favores y lealtades. Cada apretón de manos, cada palmada en la espalda, cada sonrisa calculada era una lección silenciosa que el joven absorbía: el éxito no era cuestión de mérito, sino de apellido y oportunidad. A sus veinte años, Santiago había aprendido que su nombre no solo abría puertas, sino que alteraba la gravedad misma, haciendo que las cabezas se inclinaran a su paso.

La noche se había convertido en su reino particular. Mientras sus amigos recorrían las callejuelas del placer con la torpeza de principiantes, negociando precios con prostitutas entre risas nerviosas y billetes arrugados, Santiago se limitaba a pronunciar las palabras mágicas: "Soy el hijo del alcalde". Era como presenciar un cambio de marea: las miradas se transformaban, los precios se desplomaban, y las mejores "profesionales" competían por su atención. El privilegio, descubrió, era una moneda que nunca perdía su valor.

No existía antro de perdición que Santiago no hubiera conquistado. Se movía por burdeles, cantinas y casas de citas como un príncipe en su corte nocturna, manteniendo siempre ese aire de superioridad que el dinero ajeno y el apellido prestado le conferían. Sin embargo, y para mantener las apariencias, asistía con puntualidad británica a sus clases en el Instituto de Carreras Económicas. Su paso por la carrera de administración de empresas fue como un largo trámite que culminó con un promedio apenas decoroso, pero su graduación se convirtió en un evento político donde el rector, el gobernador y hasta el presidente del congreso -quien había viajado expresamente desde la capital- le estrecharon la mano entre sonrisas protocolarias.

Las celebraciones posgraduación se extendieron como una resaca prolongada, hasta que llegó el momento de su primera entrevista laboral. Sus padres anticipaban este momento como la natural continuación de una dinastía de éxitos. Sin embargo, la noche anterior, Santiago había honrado su rutina mensual con sus "amigas" ocasionales. Los exámenes psicológicos fueron una ventana abierta a sus obsesiones: su fijación con las prostitutas y su vida desordenada quedaron expuestas como manchas en una radiografía.

Las pruebas técnicas solo confirmaron lo evidente: Santiago brillaba más bajo las luces de neón que ante una pantalla de Excel. Durante la entrevista personal, cuando las palabras se le enredaron en la lengua como serpientes borrachas, recurrió a su conjuro habitual: "Soy el hijo del alcalde".

La sala de espera se convirtió en un purgatorio donde los candidatos aguardaban el veredicto. Después de dos horas que parecieron una eternidad, el director de recursos humanos, un hombre que llevaba la seriedad como una armadura, entró y pronunció con voz de juez:

—El joven seleccionado es Santiago Arévalo.

Santiago emergió de su sopor al escuchar su nombre. Se incorporó con la lentitud de quien despierta de una pesadilla, mientras las miradas de los otros candidatos lo atravesaban como dardos envenenados. En su mente, una revelación se cristalizaba con la fuerza de una resaca:

—«Mierda, el prestigio no funciona solo con las putas».

Silas Dakar

Capítulo Tres

La Caída de Don Marcelo

Don Marcelo era el prototipo perfecto del magnate local: un hombre que había convertido el poder en su religión y el miedo en su evangelio. Los extensos cafetales que poseía se extendían como un mar verde hasta donde alcanzaba la vista, y su dominio sobre el pueblo era tan absoluto que hasta el viento parecía pedir permiso para soplar entre sus cultivos.

Las paredes de su hacienda contaban historias de poder y sometimiento a través de retratos familiares cuidadosamente dispuestos y trofeos de caza que miraban con ojos vacíos a los visitantes. Cada objeto en aquella casa era un recordatorio de su autoridad, cada espacio respiraba la arrogancia de quien nunca ha conocido la palabra "no".

En ese reino de silencio y sumisión, apareció Emiliano como una grieta en un muro que todos creían impenetrable. No portaba más armas que un cuaderno raído y una pluma que goteaba verdades incómodas. Sus versos, nacidos en noches de insomnio y rabia contenida, eran pequeñas revoluciones que se gestaban en papel.

Al principio, sus poemas eran susurros en las esquinas, secretos compartidos entre dientes apretados mientras los trabajadores regresaban de los cafetales. Pero las palabras tienen vida propia, y pronto aquellos versos comenzaron a volar por el mercado, a colarse entre los puestos de verduras, a resonar en las plazas donde hasta los perros parecían detenerse a escuchar.

"Los cafetales lloran sangre", escribía Emiliano, "y el oro negro que Don Marcelo vende gotea el sudor de madres que ya no tienen lágrimas". Sus palabras pintaban cuadros de niños que nacían con la espalda doblada, heredando deudas que ni sus nietos podrían pagar, de jornaleros que envejecían antes de tiempo bajo un sol que no conocía la misericordia.

La noticia de estos poemas llegó a Don Marcelo como

una bofetada en pleno rostro. Convocó a sus allegados en el gran comedor de la hacienda, donde las lámparas de cristal observaban la escena como testigos mudos de la historia.

—¿Quién se cree ese mocoso? —bramó, mientras su puño hacía temblar la mesa de caoba—. ¿Qué sabe él de construir algo? ¿De sacrificio?

Los capataces se miraban entre sí, incómodos. Uno de ellos, el más antiguo, se atrevió a hablar: —Con respeto, patrón, sus palabras están calando hondo. La gente las repite, las memoriza...

—¡Que murmuren! —interrumpió Don Marcelo—. La próxima vez, me aseguraré de que esos susurros se ahoguen en sus propias gargantas.

Esa misma noche, como si las palabras del terrateniente lo hubieran invocado, Emiliano apareció en el salón principal. Vestía completamente de blanco, como un fantasma que viene a reclamar justicia, y en sus manos llevaba un papel que parecía brillar con luz propia.

Con voz clara y firme, sin temblar, leyó su último poema: «Don Marcelo, su café sabe a sudor y sangre, cada grano es una lágrima que no pudo secarse, cada taza que vende es un futuro que mata, y su riqueza es el hambre que otros no pueden saciarse».

El magnate, con el rostro desfigurado por la ira, ordenó que lo expulsaran. Pero ya era tarde: la semilla de la rebeldía estaba plantada, y como el mejor café, había comenzado a fermentar en la oscuridad.

Esa noche, los cafetales fueron testigos de reuniones susurradas, de planes tejidos entre las sombras de los árboles que tanto tiempo habían visto pasar. Y al amanecer, en el muro blanco e impoluto de la hacienda, una sola palabra brillaba como una sentencia: «JUSTICIA».

Don Marcelo nunca volvió a conciliar un sueño en paz. Las palabras de Emiliano, sembradas como semillas rebeldes en la noche, germinaban bajo la tierra fértil de la injusticia, creciendo con cada susurro que recorría el pueblo. Ahora, en las madrugadas, no eran los gallos quienes lo despertaban, sino los versos que se filtraban por las rendijas de su hacienda, recordándole que hay verdades que, como el mejor café, acaban por despertar hasta al más dormido, y revoluciones que, como la poesía, se niegan a morir en silencio.

Silencio y Comunicación

Silas Dakar

Capítulo Cuatro

El Silencio de Laura

Laura Álvarez era la personificación de una contradicción sublime: poseía la belleza atemporal de una princesa egipcia con el calor vital del Caribe colombiano. No era solo su físico lo que cautivaba; había en ella una elegancia sosegada, una mirada que parecía atravesar las máscaras sociales para leer los secretos más íntimos de quienes la rodeaban. Sus ojos color miel, exóticos y profundos, contrastaban con la cascada de cabello negro azabache que enmarcaba su rostro, mientras sus piernas largas y torneadas completaban una presencia que rozaba lo mitológico.

El cóctel de despedida del vicepresidente se había convertido en un teatro del absurdo. Laura, agotada de sortear cumplidos prefabricados y sonrisas calculadas de ejecutivos hambrientos de atención, recurrió al último refugio socialmente aceptable: una escapada al servicio.

Su regreso al salón fue como ver a una diosa descendiendo entre mortales. Cada paso suyo, marcado por el ritmo innato de su Cartagena natal, desataba una ola de miradas que ella había aprendido a clasificar con precisión científica: admiración, deseo, envidia, y esa peculiar mezcla de todo lo anterior que solo generan las bellezas inalcanzables. Laura navegaba por ese mar de atención como quien ha aprendido a respirar bajo el agua: con natural indiferencia.

En el rincón más discreto del salón, como una nota discordante en una sinfonía perfectamente orquestada, se encontraba Luis. Era la quintaesencia de lo ordinario, y, por ende, invisible para la mayoría. Alto y delgado como un junco, con unas gafas que parecían amplificar su aire de perpetuo observador, contemplaba la escena con la curiosidad de un antropólogo accidentalmente invitado a un ritual tribal. Para él, estas reuniones eran un estudio de campo involuntario sobre la vanidad humana: ejecutivos en trajes de diseñador intercambiando anécdotas infladas y risas medidas al milímetro, todo ello regado con vino cuyo precio probablemente superaba su presupuesto mensual para alimentación.

Al emerger de su refugio temporal, Laura escaneó el salón con la precisión de un radar. Entre la manada de lobos trajeados que la devoraban con la mirada, sus ojos se detuvieron en aquella figura solitaria que parecía existir en una dimensión paralela a la fiesta. Con la gracia de un felino, se deslizó hacia él.

—Hola, me llamo Laura. ¿Y tú? —su voz era suave como terciopelo.

—¡Pareces una esfinge! —la respuesta brotó de los labios de Luis antes de que su cerebro pudiera censurarla.

El rubor que tiñó las mejillas de Luis contrastaba con la verdad desnuda que Laura percibió en sus ojos. Una sonrisa genuina se dibujó en su rostro.

—Perdón, fue un acto reflejo. Me llamo Luis —se apresuró a corregir.

—Yo, Laura. ¿En qué área trabajas?

—¿No te lo imaginas? —respondió él, consciente de que su aspecto de científico era tan obvio como un cartel de neón.

Ella, encontrando un placer inesperado en este juego de ingenuidad fingida, decidió seguir la corriente.

—¿Recursos Humanos?

—No, pero casi aciertas. Investigación y Desarrollo. ¿Y tú?

—Marketing, soy la directora.

—Debes ser muy buena para que, siendo tan joven, estés en ese cargo.

—Me gradué muy joven y tengo mucha experiencia.

Mientras conversaban, el mundo a su alrededor se difuminaba como una pintura bajo la lluvia. La manada de ejecutivos observaba con una mezcla de incredulidad y fastidio cómo su presa más codiciada se entregaba voluntariamente a las garras del más improbable de los cazadores. Los murmullos serpenteaban entre las copas: "¿Cómo es posible?", "Debe tener algo que no vemos". Algunos intentaban mantener una fachada de indiferencia, aunque sus ojos traicionaban una curiosidad casi dolorosa por este extraño giro en el guion social.

Laura, consciente del caos que había desatado, parecía disfrutar del momento con un placer casi travieso. La autenticidad de Luis la había cautivado tanto como su propia belleza había cautivado a otros durante años. Por su parte, él experimentaba la extraña sensación de haber ganado un premio para el cual ni siquiera había comprado boleto.

Al final de la velada, cuando las copas vacías tintineaban como campanas de victoria, Laura tomó la mano de Luis con una decisión que sorprendió incluso a ella misma. Lo guio fuera del salón, hacia una noche que prometía revelar que algunas veces, muy pocas, el silencio puede decir más que mil palabras, y que la verdadera pasión no siempre ruge como un lobo, sino que susurra como un secreto largamente guardado.

Capítulo Cinco

El Pianista del Silencio

El Bar Tayrona, con sus paredes desconchadas y sus ventiladores que giraban como aspas perezosas, era el último bastión de la música vieja en Getsemaní. Cada noche, Daniel se sentaba frente al piano de cola negro, herencia de tiempos más glamorosos, y dejaba que sus dedos bailaran sobre las teclas como si buscaran algo perdido en el aire.

Desde el balcón de la casa colonial de enfrente, entre buganvilias que se derramaban como una cascada morada, Elena lo contemplaba con la misma fascinación de quien lee una partitura secreta. Su silueta, recortada contra la luz amarilla de su habitación, se había convertido en parte indispensable del paisaje nocturno del barrio.

—Le juro que es el romance más bonito que he visto —decía doña Carmen, la del café con arepas en la esquina, apoyada en el quicio de la puerta—. Él toca solo para ella.

—Y ella solo aparece en su balcón cuando escucha las primeras notas del piano —añadía Joaquín, el viejo mesero que servía ron con la misma elegancia con que dirigía una orquesta imaginaria—. Se les ve la cara de enamorados desde mi mesa.

Las vecinas suspiraban al presenciar la escena que se repetía cada noche: Daniel, impecable con su guayabera blanca y las sienes plateadas, tocando mientras miraba hacia el balcón; Elena, con sus vestidos de flores, bebiendo cada movimiento de las manos de él sobre las teclas.

—¿Y no se hablan nunca? —preguntó una forastera, sorprendida de ver tanta conexión muda.

—Quién sabe si les hace falta hablar —respondió doña Carmen, encogiéndose de hombros—. La verdad, yo con verlos me contento.

Una noche de octubre, tan calurosa que la brisa parecía un susurro extenuado, Elena bajó las escaleras de su casa, cruzó la calle empedrada y entró al bar justo cuando Daniel tocaba una melodía que sonaba a bolero, o a balada de amor, o tal vez a ambos. Enseguida, los clientes guardaron silencio. Ni siquiera el ron se atrevía a chasquear en los vasos. Daniel levantó la vista del piano y se encontró con los ojos de ella por primera vez, sin balcón de por medio.

Entonces, ella movió las manos en el aire, dibujando signos que él entendió al instante. Sin pensarlo, Daniel respondió con la misma delicadeza, abandonando las teclas para hablarle en aquel idioma silencioso que ambos compartían.

—¿Qué hacen? —murmuró una muchacha tras la barra, intrigada.

—Se están diciendo todo —contestó Joaquín, con una sonrisa que le arrugaba el rostro—. Es lenguaje de señas… Los dos son sordos.

Nadie en el barrio sospechaba que Daniel nunca había escuchado sus propias melodías. La meningitis lo había dejado sin audición siendo niño, y su madre —pianista también— le enseñó a sentir la música en la punta de los dedos, en la vibración de cada tecla.

Elena, desde su balcón, tampoco oía ninguna nota. Un accidente la había sumido en un mundo de silencio, pero había aprendido a "escuchar" la música en las manos de Daniel, en el vaivén de su cuerpo y en la forma en que las luces mortecinas del bar se reflejaban en su frente perlada de sudor. Todas las noches, al verlo tocar, entrecerraba los ojos, convencida de que así descifraba cada compás que él creaba.

En ese instante, Daniel se puso en pie, tomó las manos de Elena y, en ese silencio donde solo ellos podían oír la más pura música, comenzaron a bailar. El piano quedó mudo, y, sin embargo, algo todavía resonaba en el aire, algo que latía en la forma en que sus cuerpos se movían al unísono. Doña Carmen, sin querer, dejó escapar un sollozo tierno. Las viejas del barrio se enjugaban lágrimas de emoción. Era evidente que, para Daniel y Elena, la música nunca había estado en los sonidos: la sentían en el roce de sus dedos, en la calidez de sus miradas, en ese compás que marcaban juntos sin necesidad de escuchar un solo acorde.

Capítulo Seis

El Silencio de Teresa

Teresa había visto pasar más promesas que estaciones desde su ventana. Su casa, en una esquina de la plaza principal, era el lugar perfecto para observar cómo el poder cambiaba de rostro, pero no de vicios. Sus arrugas eran un mapa de desengaños, y sus ojos, pozos profundos donde las mentiras se hundían sin dejar rastro.

Los habitantes del pueblo la respetaban, no por lo que

decía, sino por lo que callaba. Teresa atesoraba los secretos de la gente como monedas antiguas, sabiendo exactamente cuándo y cómo emplearlos. Desde su mecedora, presenciaba el baile eterno de quienes gobernaban: candidatos que llegaban con sonrisas relucientes y se marchaban dejando tras de sí promesas rotas como hojas secas; funcionarios que juraban cambio y, en realidad, solo ofrecían la misma vieja historia con distinto vestuario.

La visita del candidato favorito era inevitable. Llegó una tarde sofocante, cuando el calor derretía mentiras a toda velocidad. Su comitiva parecía un circo ambulante: asesores con trajes vistosos, fotógrafos inquietos, aduladores de aplausos mecánicos. Teresa los recibió con la calma de quien ha visto a muchos venir y marcharse, como las nubes de verano.

El candidato, seguro de sí mismo, se sentó frente a ella con la arrogancia de quien no concibe el rechazo. Teresa sirvió té en unas tazas tan antiguas que habían escuchado más promesas que cualquier urna electoral.

—Doña Teresa —comenzó con su mejor sonrisa ensayada—, esta vez todo será diferente, se lo aseguro.

—¿Diferente? —Teresa le sirvió té sin prisa, como quien mide el tiempo en sorbos—. ¿Como cuando tu padre vino a prometerme lo mismo? ¿O tu abuelo?

El candidato se removió, incómodo, en su asiento.

—Los tiempos han cambiado. Tenemos proyectos, planes...

—¿Sabes qué pasa con las promesas vacías? —lo

interrumpió Teresa—. El viento se las lleva, pero las cicatrices quedan.

Él tragó saliva.

—Le aseguro que mis intenciones...

—El pueblo no olvida, hijo —lo cortó con la suavidad de una madre que reprende—. Las promesas, como el viento, van y vienen, pero nunca sacian la sed.

—Con todo respeto, señora, usted no comprende la política moderna.

Teresa sonrió con la sabiduría de muchas décadas tallada en cada arruga.

—No, hijo. Eres tú quien no entiende que el poder es prestado, mientras que la memoria del pueblo es eterna.

Sus palabras cayeron como piedras en un estanque. El candidato, tan acostumbrado a controlar cada conversación, se quedó sin libreto. Su séquito, antes bullicioso, cayó en un silencio absoluto. Teresa siguió sirviendo té, como si solo hablara del clima.

La visita terminó sin mayor ceremonia. El candidato y su comitiva se marcharon, dejando tras de sí una estela de promesas huecas y orgullo herido. Desde su ventana, Teresa observó cómo el viento arrastraba hojas secas y mentiras por igual.

—Los vientos cambian, pero las raíces permanecen —murmuró, mientras la tarde caía sobre el pueblo como una vieja manta tejida con memorias.

Desde ese día, el poder aprendió a rodear la casa de Teresa, pero nunca a entrar en ella. Sus paredes, marcadas por los años, guardaban un silencio más elocuente que cualquier discurso, un silencio que, como el río en verano, seguía su curso sin detenerse. Con el tiempo, la gente dejó de hablar del régimen, pero nunca dejaron de pasar frente a aquella puerta cerrada, como si allí residiera la memoria de algo que ninguno se atrevía a olvidar.

Capítulo Siete

Los Susurros de Clara

La biblioteca municipal era el reino silencioso de Clara, un laberinto de estantes donde las verdades prohibidas se ocultaban a plena vista. Sus pasos, ligeros y precisos, recorrían los pasillos con la familiaridad de quien conoce cada secreto escondido entre páginas amarillentas.

—Los mejores libros no están en los estantes —le susurró

cierta tarde a Pedro, un niño de doce años que buscaba en las letras algo más que simples historias, algo que ni él mismo sabía nombrar.

El inspector González, sentado en su escritorio cerca de la entrada, levantó la vista con el recelo de un guardián que intuye conspiraciones en cada susurro. Los papeles desordenados frente a él parecían una excusa para vigilar cada movimiento.

—¿De qué hablan? —inquirió, enarcando una ceja.

—Le recomiendo las fábulas aprobadas, inspector —sonrió Clara—. Como siempre.

Pedro apartó la vista, pero su mente seguía girando en torno a aquellas palabras. Había algo en el tono de Clara, una chispa que encendía preguntas imposibles de apagar. Al caer la tarde, cuando el sol se filtraba tímidamente por las altas ventanas y el inspector cabeceaba de cansancio, Clara guio al niño hacia el sótano.

—Mi esposo y yo comenzamos a esconderlos cuando empezaron las quemas —susurró, mientras descendían por unas escaleras crujientes que parecían guardar secretos en cada escalón.

—¿Qué quemas? —preguntó Pedro, intentando adaptar su mirada a la penumbra que envolvía el lugar como un manto protector.

—La de libros, ideas, sueños —explicó Clara, moviendo una estantería para revelar un cuarto secreto—. Cada tomo aquí es un superviviente.

El polvo danzaba en los haces de luz que se colaban por una rendija, creando una atmósfera casi sagrada. El lugar estaba repleto de obras prohibidas: poesía que exaltaba la libertad, historias con verdades incómodas, filosofía que enseñaba a pensar más allá de los límites permitidos.

—¿Por qué me muestra esto a mí? —susurró Pedro, acariciando con reverencia los lomos polvorientos.

—Porque veo en tus ojos la misma hambre de verdad que veía en los de mi Antonio —contestó Clara, quitándose las gafas y dejando al descubierto una mirada donde el dolor y la esperanza se entretejían—. Antes de que se lo llevaran.

El silencio llenó el cuarto, pero no era un silencio pesado; era un pacto no dicho entre generaciones. A partir de entonces, Pedro visitó la biblioteca con frecuencia, y pronto otros niños también llegaron, elegidos con la precisión de quien reconoce el hambre de conocimiento en una mirada. Clara les enseñaba a leer entre líneas, a cuestionar, a memorizar verdades prohibidas como si fueran semillas de libertad.

Un día, el inspector González se acercó con gesto de pocos amigos.

—Los niños están haciendo preguntas extrañas en la escuela, Clara.

—Los niños siempre preguntan, inspector. Esa es su naturaleza.

—La naturaleza puede ser peligrosa, igual que los libros equivocados —advirtió, inclinándose sobre el escritorio.

—Tan peligrosa como el miedo a las preguntas —replicó ella con voz suave, pero firme como páginas encuadernadas en cuero.

Aquella misma noche, Clara y los niños trasladaron los libros a un nuevo escondite. Cada caja transportada era un testimonio de resistencia, cada libro un soldado en una guerra silenciosa. Una semana después, cuando los inspectores irrumpieron en el sótano, solo encontraron polvo y estantes vacíos.

Mientras tanto, las palabras prohibidas seguían propagándose en voz baja por las aulas y las esquinas del pueblo, germinando en la mente de una generación hambrienta de libertad. Los niños que aprendieron a leer entre líneas llevaron consigo esas ideas prohibidas, ocultas en sus palabras y actos. Cuando llegó el momento, esas ideas, alimentadas por los susurros de Clara, se alzaron más altas que los muros del régimen.

Años después, cuando el régimen finalmente cayó, nadie relacionó la revolución con la anciana bibliotecaria que seguía catalogando libros con meticulosa precisión. Solo los niños, ahora adultos, sabían que aquella fuerza —nacida de un susurro en el sótano— había derribado muros que las armas no supieron traspasar.

Resistencia y Justicia Social

Silas Dakar

Capítulo Ocho

El Clamor de los Campos

La tierra se pegaba a las manos de Rubén como una segunda piel, negra y fértil, testigo de generaciones de trabajo familiar. El surco que cavaba era profundo, como las cicatrices de injusticia que marcaban la historia de aquellos campos ancestrales.

—Tu padre sabía trabajar esta tierra —dijo el patrón desde la ventana de su camioneta nueva, el metal reluciente contrastando con el polvo del camino—. Sabía respetar las jerarquías.

Rubén continuó cavando, cada golpe de su azadón una respuesta silenciosa, cada hendidura en la tierra un verso de rebeldía.

—Los tiempos cambian, patrón —dijo sin levantar la vista.

—La tierra no cambia, Rubén —el patrón encendió un cigarro importado, el humo elevándose como sus aires de superioridad—. Ni quienes la poseen.

En el surco vecino, Mariela apretó el mango de su herramienta hasta que los nudillos se le pusieron blancos como huesos bajo la piel. Su hijo Juan jugaba cerca, construyendo castillos con la misma tierra que se negaba a pertenecerles, sus pequeñas manos moldeando el futuro sin saberlo. Mariela alzó la vista hacia el horizonte, donde las sombras de los cerros parecían guardar un secreto que solo los campesinos entendían. El sonido de los grillos llenaba el aire, acompañando el crujir de la tierra bajo las herramientas como una antigua canción de lucha.

Esa noche, en la casa comunal iluminada por lámparas de queroseno, los campesinos se reunieron. El aire olía a café recién hecho y a cansancio acumulado, a esperanza y miedo entremezclados.

—¿Hasta cuándo, Rubén? —preguntó don Jacinto, sus manos temblorosas sosteniendo una taza desportillada como quien sostiene sus últimas esperanzas—. Yo perdí a mi hijo en esos campos. ¿Hasta cuándo seguiremos sembrando sueños en tierra prestada?

Rubén miró a su alrededor, a los rostros curtidos por el sol y la espera. Cada arruga contaba una historia, cada cicatriz hablaba de sacrificios olvidados como surcos bajo la maleza.

—La tierra tiene memoria —respondió—. Recuerda quién la trabaja realmente.

—Es peligroso lo que sugieres —intervino otro, un joven con cicatrices en las manos que hablaban de batallas anteriores—. Ya viste lo que pasó en la hacienda vecina.

—Más peligroso es que nuestros hijos hereden nuestras cadenas —la voz de Mariela se alzó desde el fondo, con Juan dormido en sus brazos como una semilla de futuro. Sus palabras resonaron en el silencio denso de la habitación. Los presentes intercambiaron miradas llenas de determinación y miedo, como relámpagos antes de la tormenta.

La resistencia comenzó como las plantas: desde abajo, hundiendo raíces en el silencio. Primero fueron pequeños actos: semillas guardadas, herramientas que desaparecían, cosechas que inexplicablemente rendían menos. La tensión creció, como un rumor entre el viento y la tierra. El crujido de la madera vieja en el piso de la casa comunal era testigo de reuniones clandestinas y susurros conspirativos que se multiplicaban como hojas al viento.

El capataz notó los cambios primero, como quien presiente la lluvia en el aire.

—Algo está pasando, patrón. La tierra no rinde igual.

—Son ellos —respondía el patrón, su cigarro temblando de rabia como una amenaza sin cumplir—. Están planeando algo.

Una madrugada, antes de que el sol tocara los cerros, los campesinos ocuparon los campos. No hubo violencia, no hubo gritos. Solo cientos de hombres y mujeres, de pie en la tierra que habían regado con su sudor por generaciones, firmes como árboles antiguos. El rocío brillaba en las hojas como si la tierra misma llorara de alivio.

El patrón llegó con la policía, pero se encontró con una muralla de silencio más sólida que cualquier cerca. Los campesinos simplemente siguieron trabajando, ignorando las amenazas y las órdenes de desalojo como quien ignora el viento pasajero.

—Esta tierra tiene memoria —dijo Rubén cuando el patrón exigió hablar con él—. Y recuerda quién la ha trabajado realmente.

Las negociaciones duraron semanas. Cuando finalmente se firmó el acuerdo de propiedad compartida, Mariela encontró a Rubén en el mismo campo de siempre, donde todo había comenzado. El sol de la tarde bañaba los surcos con una luz dorada, como si la tierra misma celebrara.

—¿Valió la pena el riesgo? —preguntó, con la voz quebrada entre el cansancio y la esperanza.

Rubén tomó un puñado de tierra y la dejó caer lentamente entre sus dedos. A lo lejos, Juan jugaba entre los surcos, sus pequeñas manos hundidas en la misma tierra que sus padres habían defendido.

—La tierra siempre supo que nos pertenecía —respondió, mirando a su hijo con una sonrisa leve—. Pero hoy, por fin, nosotros también lo sabemos.

Capítulo Nueve

La Leyenda de Camila

En el corazón del barrio, donde las calles aún guardaban el sabor de las historias antiguas como migajas de tiempo, Camila amasaba sueños cada madrugada. Sus manos, curtidas por años de trabajo y esperanza, conocían el lenguaje secreto de la harina y la levadura, ese alfabeto blanco que escribía historias de dignidad. No era solo una panadera; era la guardiana de una tradición que alimentaba algo más que estómagos: nutría el alma misma del barrio.

Su panadería, un local humilde pero inmaculado como la harina recién cernida, era el primer lugar en despertar cada día. Mucho antes de que el sol se atreviera a asomar, el aroma del pan recién horneado ya serpenteaba por las calles como un abrazo cálido, con notas dulces que acariciaban el alma y la promesa de una corteza crujiente en cada bocado. La gente decía que su pan tenía un ingrediente secreto imposible de copiar, aunque Camila solo sonreía cuando se lo mencionaban. Quizás era su costumbre de escuchar las historias de cada cliente, de guardar sus penas y alegrías como quien guarda la masa madre: con cuidado y devoción, sabiendo que cada historia, como el fermento, necesita tiempo para madurar.

El barrio entero se medía por los horarios de su horno: los trabajadores sabían que era hora de partir cuando el primer pan salía, dorado como el amanecer; los niños corrían a la escuela con los bolsillos llenos de pan dulce, llevando trozos de felicidad entre las migas; y las tardes se cerraban con el aroma de la última hornada, como una bendición final del día. Camila no solo vendía pan; regalaba dignidad en cada hogaza, esperanza en cada bollo, resistencia en cada corteza.

Cuando el nuevo alcalde, borracho de poder y hambriento de control como un horno mal regulado, decidió imponer un impuesto desmedido sobre los panaderos, no imaginó que encontraría su mayor resistencia en una mujer que apenas llegaba al metro sesenta pero cuya voluntad se elevaba como la mejor de las masas. La noticia llegó al barrio como una tormenta inesperada, y Camila, con una determinación que sorprendió incluso a quienes la conocían de toda la vida, convocó a todos los panaderos en su local.

—¿Qué vamos a hacer, Camila? —preguntó Don Pedro, el más antiguo de todos, mientras se limpiaba las manos eternamente blancas de harina en su delantal gastado como páginas de un libro muy leído.

Don Pedro, con sus manos callosas y el delantal que llevaba desde su juventud, soltó un suspiro que sabía tanto a resignación como a amor por su oficio, a masa fermentada y a madrugadas frente al horno.

Camila, con una voz que parecía extraer fuerza de generaciones de panaderos antes que ella, como una masa madre centenaria, respondió:

—Si hoy nos quitan el pan, mañana nos quitarán el aire para respirar. ¡No podemos permitirlo!

Mientras los demás panaderos aceptaban resignados el nuevo impuesto, doblando sus espaldas bajo el peso de una nueva injusticia como masa mal trabajada, Camila se mantuvo firme como el mejor de sus panes. Organizó una huelga silenciosa, una protesta que se medía no en gritos, sino en ausencias, como el vacío que deja una hogaza sin hornear.

La ciudad despertó al día siguiente a un silencio que dolía como hambre. No había aroma de pan recién horneado, no había calor saliendo de las panaderías, no había ese ritual diario que marcaba el pulso de la vida misma. Las persianas bajadas de cada panadería eran como párpados cerrados que se negaban a ver más injusticia. El silencio era ensordecedor, como una masa que se niega a levar.

El descontento creció como la mejor de las masas, alimentado por el calor de la indignación compartida. La gente comenzó a entender que el pan no era solo alimento, era el símbolo de algo más profundo: la dignidad de un trabajo honesto, el derecho a ganarse la vida con las manos y el sudor. Como la masa que necesita tiempo para fermentar, la resistencia del barrio creció lentamente, adquiriendo fuerza con cada día de huelga, con cada hora de hornos fríos.

Cuando el alcalde finalmente se vio forzado a retirar el impuesto, derrotado por la voluntad de una mujer que había convertido el pan en símbolo de resistencia, Camila regresó a su horno. Esa mañana, colocó un cartel en la vitrina: «Hoy el pan es gratis».

El aroma del pan recién horneado llenó el aire, y las lágrimas de los clientes se mezclaron con las migajas en sus manos. Habían recuperado algo más que alimento: habían recuperado su dignidad.

Así nació la leyenda de Camila. Aquel día, su pan supo más dulce que nunca, porque estaba hecho de libertad y valor compartido. Desde entonces, cada hogaza que salía de su horno llevaba un mensaje silencioso: un barrio alimentado con esperanza nunca volverá a dejarse amasar por la injusticia.

Capítulo Diez

Engranajes de Libertad

E l tiempo tenía un santuario en el pueblo, y ese era el taller de Don Esteban. Las paredes estaban tapizadas de relojes antiguos, algunos de péndulo que se mecían como centinelas silenciosos, otros con manecillas gastadas por décadas de contar historias, todos resonando en un tictac armonioso que insuflaba vida al local. Allí, el viejo relojero había erigido su imperio de engranajes y segundos, un refugio donde sus manos, tan precisas como los mecanismos que reparaba, convertían cada pieza descompuesta en una melodía exacta que marcaba el ritmo secreto de la resistencia.

Cada mañana, los habitantes ajustaban sus relojes al unísono con las campanadas que salían de su tienda: una tradición tan longeva como la misma plaza del pueblo, un ritual que sin saberlo sincronizaba más que solo el tiempo.

—Los relojes son como las personas, Ricardo —decía Don Esteban a su joven aprendiz, mientras ajustaba un mecanismo en el banco de trabajo con la delicadeza de quien manipula el destino—. Algunos se adelantan, otros se atrasan, pero todos pueden afinarse si se tocan las piezas adecuadas y se tiene la paciencia necesaria.

Ricardo, con sus ojos siempre curiosos como manecillas buscando la hora exacta, veía a su maestro como un alquimista que transformaba segundos en esperanza, tejiendo con paciencia los engranajes invisibles del destino del pueblo. Lo escuchaba con devoción, maravillado al ver cómo aquellas manos arrugadas, apoyadas en destornilladores diminutos y lupas expertas, transformaban el caos en orden y la lentitud en puntualidad perfecta, como quien ordena el universo pieza por pieza.

La campanilla de la puerta resonó al atardecer, clara como una nota de libertad; entró Carmen, la florista de la plaza, con un pequeño paquete envuelto en papel periódico que guardaba más que simples semillas.

—Don Esteban, llegaron las semillas que pidió —anunció, dejándolas sobre el mostrador con la naturalidad de quien ha ensayado el gesto mil veces.

—¿Las rosas amarillas? —inquirió el relojero, sin levantar la mirada del reloj que tenía abierto sobre la mesa como una promesa en construcción.

—Sí, y también los claveles rojos —respondió la florista, con las manos manchadas de tierra y una voz que florecía con fuerza silenciosa, echando un vistazo significativo a la trastienda donde germinaba algo más que flores.

Ricardo, mientras limpiaba meticulosamente el escaparate hasta que brillaba como el futuro que soñaban, no lograba entender el nuevo interés de su maestro por la jardinería.

Cuando caía la noche, el taller de Don Esteban se transformaba en un escenario de intriga y revolución. El suave brillo de las lámparas de aceite iluminaba los relojes desmontados como esqueletos de la libertad por venir, mientras el eco de los tictacs se mezclaba con susurros que trazaban los planos de un cambio inevitable. Tras una cortina vieja, la trastienda se convertía en el corazón mecánico de la revolución. Álvaro, un estudiante de ingeniería con la mirada encendida como el fósforo de la esperanza, se reunía allí con otros jóvenes. Todos rodeaban al anciano, quien revelaba la magia de los relojes convertidos en algo más que simples marcadores de tiempo.

—Cada reloj es una llave —murmuraba Don Esteban, señalando los mecanismos que había modificado con la precisión de un cirujano del tiempo—. Y cada llave abrirá una puerta hacia la libertad.

—¿Cree que sospecharán de nosotros? —preguntó Manuel, el más prudente del grupo, una noche en que el silencio envolvía al pueblo como una manta de complicidad.

—¿Quién sospecha de un viejo relojero? —respondió Don Esteban con una sonrisa casi paternal que ocultaba el tic tac de la revolución—. Para ellos, solo soy el guardián del tiempo.

La red clandestina fue creciendo como una enredadera de segundos y minutos precisos. Los relojes modificados salían del taller en elegantes cajas de regalo, y aunque a simple vista eran relojes comunes, sus manecillas marcaban algo más que las horas: contaban los latidos de una revolución inminente.

—Maestro, ¿por qué tantas piezas nuevas? —se atrevió a preguntar Ricardo, viendo las pilas de relojes que llegaban al taller como soldados esperando órdenes.

—Porque hay momentos en que el tiempo necesita un empujón —dijo el anciano, con los ojos fijos en un engranaje particularmente complejo que guardaba el secreto de la libertad—. Y nosotros estamos aquí para dárselo.

El día señalado llegó con la precisión de un cronómetro suizo. A medianoche, cuando el pueblo dormía bajo un manto de estrellas cómplices, los relojes de Don Esteban despertaron en perfecta sincronía como un ejército mecánico. Una sinfonía de tictacs se intensificó, vibrando en el aire como el preludio de una tormenta largamente esperada, hasta que finalmente dio paso al rugido ensordecedor de las explosiones. Chispas y destellos iluminaron la noche como fuegos artificiales de libertad, mientras el eco de cada detonación se extendía como un grito de victoria a través del valle. Desde cada esquina del pueblo, columnas de humo se alzaban como relojes marcando el amanecer de una nueva era, cada explosión marcando el ritmo de una revolución que había estado gestándose entre manecillas y engranajes.

El tiempo, que siempre había sido su aliado silencioso, ahora marcaba el compás de una nueva libertad. Don Esteban sonrió, sabiendo que cada revolución, como los mejores relojes, necesita precisión, paciencia y el coraje de quienes se atreven a darle cuerda al destino.

Capítulo Once

Las Semillas de Sofía

La casa de Sofía, encaramada en lo alto de la colina como un libro abierto al cielo, era mucho más que una simple vivienda; se alzaba como un faro que arrojaba destellos de historias y esperanza a todo el valle. Sus ventanas, eternamente abiertas como páginas al viento, dejaban escapar fragmentos de relatos que la brisa esparcía hasta los rincones más sombríos del pueblo, como semillas de libertad buscando tierra fértil. Cada tarde, un coro de pasos infantiles trepaba la empinada calle para sentarse en el pequeño patio de la anciana, donde sus palabras tejían mundos que la censura jamás podría contener, como hilos de luz atravesando la oscuridad.

María, una niña de trenzas rebeldes que danzaban como signos de interrogación y preguntas que cortaban el aire como cuchillos de verdad, llegaba siempre antes que los demás. Había perdido a sus padres durante las protestas del año anterior y, en las historias de Sofía, encontraba pistas y respuestas que nadie más se atrevía a mencionar, como tesoros enterrados en parábolas.

—Cuéntenos otra vez la del rey que tenía miedo —pedían los niños, con el brillo de la curiosidad encendiendo sus ojos como pequeñas antorchas de esperanza.

Sofía, cuyos ojos albergaban la memoria de tres generaciones como páginas de un libro ancestral, sonreía y comenzaba con su frase de siempre, cada palabra pesada de significado: —Había una vez un reino donde el silencio era ley, pero recuerden, niños, que el silencio tiene ecos, y los ecos tienen memoria.

Los adultos que pasaban cerca fingían no escuchar aquellos relatos, pero sus pasos se volvían más lentos y sus oídos, más atentos, como hojas secas detenidas por el viento de la verdad. Las historias de Sofía eran como piedras cayendo en un estanque: las ondas se extendían mucho más lejos de lo que cualquiera podría prever, tocando orillas insospechadas de conciencia.

—¿Por qué el rey tenía tanto miedo? —se atrevió a preguntar un día el pequeño Lucas, su voz clara como agua de manantial.

—Porque las historias son semillas —respondió Sofía, lanzando una mirada significativa a los padres que se detenían en la acera como pájaros atraídos por migas de pan—. Y las semillas, tarde o temprano, florecen en jardines de libertad.

El panadero, Tomás, reunió el valor para acercarse una tarde, justo después de cerrar su tienda, el delantal aún blanco de harina como una bandera de rendición ante la verdad.

—Sus cuentos me recuerdan a otros tiempos, doña Sofía —comentó con nostalgia que sabía a pan recién horneado.

—Las historias son como el pan, Tomás: nutren el espíritu y alimentan la esperanza —dijo ella, con la voz impregnada de una sabiduría ancestral que fluía como miel entre las grietas del miedo.

Poco a poco, esos cuentos cobraron vida propia, como semillas germinando en tierra fértil. Los niños los repetían en casa, los adultos los compartían en susurros tras la cena como plegarias de libertad, y los vecinos los transmitían de boca en boca por las calles empedradas, cada piedra un testigo silencioso de la revolución que crecía en palabras.

Una tarde, los militares rodearon la plaza, sus botas marcando el ritmo del miedo sobre los adoquines. Parecía que el terror se imponía de golpe, pero Sofía, sentada en su patio como una reina en su jardín de historias, narraba con voz serena el cuento de un pueblo que había perdido el miedo. Como respuesta, los vecinos salieron a sus balcones, no para gritar ni confrontar, sino para contar historias. Cientos de voces narrando al unísono los cuentos que Sofía había sembrado, cada palabra una flor brotando entre las grietas del silencio.

María, ahora más alta y con las trenzas más largas como lianas de rebeldía, apretó la mano de la anciana.

—¿Lo ve, doña Sofía? Sus cuentos son más fuertes que sus armas —susurró con la certeza de quien ha encontrado un tesoro en las palabras.

La anciana sonrió, porque sabía que las revoluciones, como las mejores historias, comienzan con "Había una vez" y terminan con un pueblo que encuentra su voz, una voz que crece más allá de cualquier sombra, floreciendo en la primavera inevitable de la libertad.

Capítulo Doce

La Última Red

A las cuatro de la mañana, cuando las estrellas todavía parpadeaban sobre La Boquilla, aquella aldea costera donde las tradiciones pesqueras se transmitían de padres a hijos desde tiempos inmemoriales, el viejo Ernesto ya estaba en su lancha. El motor perezoso tosía entre las olas mientras la red bailaba en el agua como un fantasma plateado. Era la misma rutina de siempre: el mar, el cielo y la esperanza de una buena pesca antes de que el sol rajara el horizonte.

A esa misma hora, al otro lado de la ciudad, el alcalde Martínez se despedía de los empresarios extranjeros en el bar del Hotel Caribe, ese bastión de lujo donde se tejían los destinos de la costa entre copas de cristal tallado. Entre whisky importado y promesas de inversión, ellos desplegaban planos brillantes sobre la mesa, señalando con entusiasmo uno de los renders.

—Mire, señor alcalde —dijo uno de los hombres, con acento foráneo—: esta zona de playa es perfecta para el muelle del nuevo complejo.

—Es el proyecto del siglo —sonreía el alcalde, aflojando un poco su corbata—. Marina Real será la joya del Caribe. ¡Piensen en la cantidad de empleo que generará!

El sol ya estaba alto cuando Ernesto regresó a la orilla. Bajo la sombra de un viejo almendro, remendaba la atarraya mientras una radio destartalada escupía vallenatos, aquellas melodías de acordeón, caja y guacharaca que contaban historias tan antiguas como el mar mismo, entremezcladas entre estática y noticias.

—¡Progreso para todos! —proclamaba la voz del locutor—. ¡El megaproyecto generará más de mil empleos!

—¿Progreso? —murmuró Ernesto, anudando un hilo con la paciencia de quien ha vivido demasiadas promesas—. Como si los pescados fueran a nadar en cemento.

Sus dedos, nudosos como raíces de mangle, seguían

tejiendo con la precisión de medio siglo de oficio. Cada nudo era una historia, cada roto en la red un recuerdo de madrugadas en el mar. En ese momento apareció Toñito, su nieto de doce años, corriendo con un periódico arrugado en la mano.

—¡Mire, abuelo! Aquí sale la foto del hotel que quieren construir —dijo el niño, entusiasmado, pasándole el diario a Ernesto.

Ernesto se puso los lentes, echó un vistazo a la imagen donde aparecía el alcalde Martínez cortando una cinta inaugural con su tijera de oro, y luego devolvió el periódico sin despegar los ojos de la red.

—¿Y ya decidiste qué vas a hacer con lo del curso de botones, Toñito? —preguntó, en voz baja—. El SENA está ofreciendo esa capacitación gratuita.

—El profesor dice que nos darán uniforme y todo —respondió el niño, con los ojos brillando de curiosidad por un futuro que se alejaba del mar para adentrarse en los pasillos alfombrados del turismo.

La tarde se arrastraba espesa cuando llegó Marcos, el del restaurante turístico, con su camisa hawaiana y zapatos tan relucientes que parecía imposible que hubieran pisado jamás una canoa.

—Don Ernesto, le traigo una propuesta —dijo, sacando un sobre del bolsillo—. Los inversionistas quieren comprar todas las lanchas para hacer tours por la bahía.

—¿Tours? —Ernesto alzó la mirada—. ¿Y los pescados?

—Vienen tiempos modernos, don Ernesto. La gente prefiere salmón importado. Lo nuestro ya no se vende —contestó Marcos, encogiéndose de hombros, como si el tema fuera asunto de simple moda.

De fondo, se oía el rugir de las primeras máquinas excavadoras, mordiendo la playa donde el padre de Ernesto le había enseñado, décadas atrás, a leer las mareas. Era el mismo sitio donde el alcalde, apenas unas horas antes, se jactaba ante las cámaras de un "futuro brillante para todos".

Aquella noche, bajo la luna que dibujaba caminos plateados en el agua, Ernesto y los otros pescadores lanzaron sus redes por última vez, en un silencio compartido que pesaba más que todas las pescas juntas. Al amanecer, cuando los ejecutivos y los reporteros llegaron para la ceremonia de inicio de obras, los flashes de las cámaras iluminaron una playa cubierta de pescados muertos y redes despedazadas.

—¿Qué significa esto? —preguntó el alcalde, tapándose la nariz con un pañuelo de seda y mirando con horror los restos de la pesca malograda.

Ernesto, sentado en su lancha varada como un monumento a tiempos que se desvanecían, se encogió de hombros y, sin dejar de sonreír con amargura, respondió:

—El futuro, señor alcalde. El mismo que nos están vendiendo.

Silas Dakar

Tradición y Cultura

Silas Dakar

Capítulo Trece

El Color del Carnaval

La casa de Rosa olía a polvos compactos y al pegamento especial que servía para fijar lentejuelas a los trajes de la Comparsa del Congo Grande, ese desfile ancestral donde los tambores africanos seguían latiendo en el corazón del Caribe. Entre sus paredes de colores deslavados, un ventilador veterano partía el calor en rodajas, mientras en la sala retumbaban los tambores y la gaita, aquella flauta que lloraba melodías ancestrales, ensayando el baile para el gran desfile de carnaval.

Justo frente a la casa, Rosa retocaba la base blanca del maquillaje de Miyoral, la reina de la comparsa, cuyo rostro parecía una máscara a medio concluir. Aun así, la muchacha seguía moviéndose con esa gracia imbatible que la caracterizaba.

—No te me agites, mi reina —pidió Rosa, pincel en alto—. Si te sudas, se te corre todo y ni el brillo te va a salvar.

Miyoral soltó un suspiro y miró de reojo hacia el interior de la casa, donde la música y las risas parecían elevar la temperatura un par de grados más. Los tambores resonaban acompasados con el latido de su corazón.

—Solo quiero que salga perfecto —dijo en voz baja, con la vista clavada en un punto indefinido.

Dentro, Daniel amenizaba la fiesta con un par de chistes y una botella de aguardiente cristalino que calentaba gargantas y soltaba lenguas, mientras Pacho, tamborero mayor, ensayaba sus ritmos con tal energía que el suelo resonaba como si también quisiera participar del festejo.

—¡Oye, Rosa! —se oyó gritar a Daniel desde la sala—. ¿Cómo va Miyoral? ¿Está quedando linda o no?

—¡Silencio, que la estoy embadurnando! —respondió Rosa con una sonrisa. Luego, sin alzar demasiado la voz, añadió para Miyoral—: Ya casi te termino.

Miyoral, alta y de sonrisa normalmente radiante, esta

vez se notaba algo inquieta. Su mirada iba y venía de la calle al espejo, como si buscara respuestas en ambos.

—¿Y el Mono? —preguntó, paseando la mirada por la calle en busca de aquella cabeza rubia que le había ganado el apodo a su hermano—. Quedó en que me venía a buscar para ensayar el paso final.

—Tu hermano no tarda —susurró Rosa mientras le acomodaba una flor de papel en el peinado—. Ya sabes cómo es de fiestero.

De pronto, un estruendo cortó el ambiente como un relámpago: tres disparos secos que hicieron enmudecer los tambores al instante. Miyoral se sobresaltó, llevándose la mano al pecho. Por un instante, el mundo pareció congelarse, dejando solo el eco de los disparos flotando en el aire pesado.

—¿Qué demonios fue eso? —alcanzó a balbucear Rosa.

Entonces, un alarido desgarrador se oyó en la calle:

—¡El Mono! ¡Han matado al Mono!

A Miyoral el mundo se le vino encima. Se quedó paralizada, con la flor colgando a un lado de su cabeza, y sintió cómo el maquillaje le goteaba al mezclarse con la lágrima que corría por su mejilla. Fue una lágrima espesa, cargada de aceite, que arrastró con ella una franja blanca de la base.

Daniel salió de la casa con una alegría que se desvaneció de inmediato en cuanto vio la expresión de Miyoral.

—¿Qué pasa? —preguntó, confuso, mirando en dirección a la calle donde la gente empezaba a aglomerarse—. ¿Qué...?

Pacho, que también se había acercado, se quedó mudo ante el cuerpo tendido del Mono, inmóvil en el asfalto. Su tambor se le resbaló de los dedos.

—Dios... —logró susurrar.

Rosa, aún con el pincel en la mano, contempló la escena: los gritos afuera, el llanto contenido de Miyoral, la música que se había detenido con violencia. Tragó saliva y susurró con amargura:

—Carajo... El maquillaje no solo tapa los rostros; también esconde las penas. Y el carnaval, aunque pinte de colores la tristeza, tampoco la borra del todo.

Capítulo Catorce

El Lamento de los Cafetales

A la finca El Paraíso nadie subía después del atardecer. Los recolectores de café terminaban su jornada apenas el sol amenazaba con esconderse tras los cerros verdeoscuros, y hasta los perros buscaban refugio antes de que la noche cubriera los cafetales con su manto de sombras y secretos. Don Jacinto, el administrador de la finca, observaba el éxodo diario desde el corredor de la casa grande, sosteniendo su taza de café entre manos curtidas por años de trabajo entre los surcos.

—No hay nada que hacer, muchacho —le dijo una tarde a Alfonso, el nuevo capataz, mientras el cielo se teñía de naranja y violeta—. Esta gente jura que acá ronda un espectro. Eso mismo les contaba mi abuelo cuando yo apenas era un pelao. Según dicen, hace veinte años, en estos mismos cafetales, un mayoral le dio una paliza tan brutal a una muchacha que perdió la pierna... y todavía se escuchan sus gritos cuando cae la noche.

Alfonso, acostumbrado a leyendas de su pueblo al otro lado de la montaña donde cada camino guardaba su propia historia de espantos, se encogió de hombros, pero no pudo evitar un escalofrío que le recorrió la espalda como una araña helada.

—Usted sabe cómo son estas historias, Don Jacinto —respondió mientras se ajustaba el sombrero gastado por el sol—. A veces la gente necesita un fantasma para justificar sus miedos.

Don Jacinto soltó un bufido que olía a café recién molido.

—Lo mismo pensé yo. Pero he visto que ni los perros se atreven a ladrar cuando oscurece.

A la mañana siguiente, ambos desayunaban en la cocina amplia, donde el fogón de leña esparcía su calor ancestral y las ollas de peltre colgaban de las vigas ennegrecidas por el tiempo.

—Oiga, Alfonso —dijo Don Jacinto, mientras el vapor de su taza dibujaba espirales en el aire frío del amanecer—, no se me distraiga con esas historias de aparecidos. Hoy hay que revisar que no se pierda ni un grano de café de la cosecha.

Alfonso asintió.

—Así será, don. Pero ¿qué hay de cierto en eso de los robos nocturnos?

Don Jacinto bebió un sorbo de café, amargo como sus pensamientos.

—Se han perdido sacos completos de un día para otro. El patrón sospecha que alguien se hace pasar por la "Patasola" para espantar a los recolectores y robar el café bajo la sombra de la noche.

—Pues hoy me quedo hasta la medianoche, así sepa la verdad de esto.

—¿De veras, Alfonso? Mira que ni los capataces anteriores se atreven a quedarse cuando oscurece.

Alfonso se puso de pie y ajustó los cordones de sus botas.

—Mi mamá también perdió la pierna hace tres meses, por la diabetes. Está postrada en un rancho al otro lado de la montaña. Si algo he aprendido es que a veces el miedo no sirve de nada.

—Tienes razón, muchacho —contestó Don Jacinto, palmeándole el hombro—. Pero igual… cuídate.

Cuando la luna llena convirtió los cafetales en un mar plateado, Alfonso se quedó revisando sacos y herramientas.

Llevaba consigo una linterna y un machete, aunque no se sentía del todo seguro. El viento se coló entre los cafetos como un lamento antiguo. El crujir de las hojas secas sonaba a susurros que portaban secretos solo entendidos por la noche. Primero fue un murmullo, luego un quejido que fue creciendo hasta convertirse en un grito que le heló la sangre.

—¿Quién anda ahí? —se obligó a gritar, aunque su voz temblaba.

El aire se volvía espeso, oprimiendo su pecho como un peso invisible. Entre las sombras, una figura se balanceaba con un vaivén antinatural entre las hileras de cafetos. La linterna de Alfonso temblaba tanto que apenas podía mantener el haz de luz fijo. El olor penetrante de café recién cortado se mezclaba con otro más pesado, como de tierra removida y flores marchitas, sumando una opresión asfixiante a la atmósfera.

La aparición se acercó, cojeando pesadamente sobre la tierra húmeda que parecía retroceder a su paso. Las piernas de Alfonso lo traicionaron; no podía moverse. La luz de la luna desveló a una mujer —tanto aterradora como extrañamente hermosa— su rostro una máscara de dolor eterno tallada por años de injusticia, su vestido cubierto de tierra rojiza y sangre seca que parecía nunca envejecer. Donde debería estar su pierna izquierda, solo había un abismo de oscuridad que parecía devorar la luz misma.

El aliento de Alfonso se detuvo. Su mente corría mientras,

en los ojos de la Patasola, veía desfilar imágenes vívidas: las manos de la muchacha recolectando granos de café, su voz denunciando al mayoral por el robo de sus jornales, la brutal represalia, sus gritos de auxilio apagándose entre los cerros silenciosos y, finalmente, su cuerpo roto abandonado a su suerte.

—Mi madre… —susurró Alfonso, con lágrimas rodando por sus mejillas—. Ella también está perdiendo la otra pierna porque la medicina nunca llega.

La Patasola se detuvo. Su mirada se suavizó, un destello de humanidad rompiendo a través del tormento. Levantó una mano, señalando hacia las raíces de un árbol centenario y retorcido. Alfonso siguió su orden silenciosa, con el corazón martilleándole en el pecho, y desenterró una caja bajo las raíces. Dentro había documentos amarillentos: pruebas irrefutables de décadas de explotación, jornales robados y fría indiferencia.

Por un instante, sintió el escalofrío del toque espectral sobre su mano, y luego ella desapareció.

A la mañana siguiente, Alfonso se presentó ante Don Jacinto con los papeles. Revisaron la evidencia incriminatoria en silencio, pálidos. Ambos comprendieron la gravedad de lo que tenían entre manos. Sin demora, Alfonso viajó al pueblo y entregó los documentos a las autoridades provinciales.

Las historias sobre los gritos escalofriantes de la Patasola continuaron circulando, pero ya no hubo nuevas víctimas.

En cambio, se susurraba que los medicamentos llegaban puntuales a las zonas más alejadas y que la madre de Alfonso, con su nueva prótesis, caminaba con una sonrisa que no se le había visto en años.

Meses después, las revelaciones llevaron a mejoras en los salarios y controles médicos más estrictos para los trabajadores. Nadie pudo afirmar si fue obra de un fantasma o un acto de justicia largamente esperado. Alfonso guardó para sí los detalles de aquella noche, pero siempre recordaría los ojos angustiados de la Patasola. Podría haberlo destruido... pero no lo hizo. Y entonces comprendió que algunos monstruos no cojean; a veces, tras una historia de terror, hay un corazón que anhela justicia y no venganza.

Capítulo Quince

El Peso de los Huesos

En San Jacinto, un pueblo rodeado de llanos infinitos y cultivos dorados, el viento traía algo más que el olor a tierra mojada cuando soplaba desde el monte. Llegaba un silbido agudo y ondulante que erizaba la piel al más valiente, un sonido que se colaba por cada rendija, como si tuviera vida propia. Nadie había visto jamás al dueño de ese silbido, pero todos lo nombraban con el mismo temor: El Silbón.

La gente de San Jacinto, humilde y supersticiosa, dejaba vasos de aguardiente en las ventanas o dibujaba cruces de ceniza en las puertas para ahuyentar al espectro. Cada noche, renovaban esas cruces con la ceniza todavía caliente del fogón, como si el paso de las horas pudiera borrar la protección que ofrecían. El olor a madera quemada se mezclaba con el aire frío de la noche, y aunque sus manos temblaran, sabían que aquel ritual era tanto un rezo como un escudo.

Pero Víctor, el hombre más rico del pueblo, se burlaba de estas creencias. Su fortuna, amasada con trampas y amenazas, estaba teñida de lágrimas ajenas. Todavía resonaban en San Jacinto los llantos de la viuda de Manuel Herrera, el día en que los hombres de Víctor la sacaron a empujones de su parcela. Su hijo pequeño se aferró a las raíces de un árbol que su abuelo había plantado, sus pequeñas manos agarrando la corteza áspera, como si quisiera detener al mundo entero con la fuerza de su desesperación.

Esa tarde, en la plaza del pueblo, Víctor alzó una botella que había robado de una ventana marcada con ceniza. La agitó en el aire mientras el aguardiente se derramaba por el cuello de la botella.

—¡Al Silbón no le tengo miedo! —gritó, con la voz arrastrada y los ojos encendidos—. ¡Que venga, a ver si es tan macho! ¡Aquí lo espero con mi machete!

Desde la sombra de la gran ceiba—un árbol sagrado que

había visto generaciones de injusticia y resistencia—un niño de ojos grandes lo observaba en silencio. Era Mateo, que no entendía del todo lo que decían los adultos, pero sentía el peso de las palabras como un golpe en el aire.

Sin esperar a que la noche lo atrapara, Mateo corrió de vuelta al rancho de su abuelo, don Jerónimo. Sus pies descalzos se deslizaban sobre la tierra seca como si el suelo mismo quisiera apurarlo. Cuando llegó, jadeando, el sol ya había comenzado a hundirse tras los llanos, y una brisa helada se colaba por las ventanas.

Dentro de la casa, iluminada apenas por el parpadeo de un candil, don Jerónimo trazaba con calma una cruz de ceniza sobre la puerta. El niño lo observó en silencio, el pecho todavía agitado, hasta que no pudo contener más la pregunta que le ardía en la garganta.

—Abuelo, ¿es cierto que El Silbón castiga a los malos? —preguntó, con la voz quebrada—. ¿Y si me confunde con Víctor?

El viejo dejó a un lado el tabaco que estaba liando y levantó la vista hacia su nieto. Sus ojos, cansados pero firmes, parecían contener todas las historias que nunca se contaron en voz alta.

—El Silbón no es como nosotros, muchacho —dijo, con esa calma que asusta más que el miedo mismo—. Es una advertencia para los que van dejando heridas en la tierra y en el corazón de la gente. Dicen que fue un hombre soberbio, tan ciego por la codicia que mató a su propio padre por dinero. Su abuelo, consumido por el dolor y la rabia, lo maldijo a vagar para siempre, cargando los huesos de la vida que arrebató. Desde entonces, su silbido anuncia desgracia para quienes se creen intocables.

Mateo tragó saliva y abrazó sus rodillas, acurrucándose junto al fogón.

—¿Y si lo oigo, abuelo? —preguntó con un hilo de voz—. ¿Qué hago?

Don Jerónimo sopló el tabaco, dándole tiempo a las palabras para asentarse.

—Si lo oyes cerca, está lejos. Pero si suena lejos... —hizo una pausa, como si cada palabra pesara en el aire—. Reza, porque eso quiere decir que ya lo tienes encima.

Cuando la noche envolvió al pueblo y el viento se detuvo en seco, Víctor salió al monte. Caminaba con el machete en la mano y el pecho hinchado de arrogancia. Cada paso lo llevaba más lejos del caserío, hacia una oscuridad espesa que parecía tragárselo todo. Entonces, lo oyó.

Un silbido.

Primero apenas un susurro.

Luego fino, afilado, tan agudo que le atravesó los oídos como una aguja de hielo.

Se detuvo en seco, el machete tambaleándose en su mano. Cerró los ojos por un instante y murmuró para sí:

—Está lejos... aunque si suena lejos...

Abrió los ojos, pero ya era tarde. Entre las sombras lo vio: una figura alta y retorcida, con ojos rojos como brasas y un saco al hombro que parecía estar vivo. El espectro dejó caer el saco, y los huesos que salieron de él se acomodaron uno a uno, formando los rostros de aquellos que Víctor había despojado. Campesinos, niños, mujeres. Todos lo miraban en silencio.

—Estos son los que robaste y humillaste —dijo una voz que parecía salir del viento, mientras la noche se hundía en un silencio hondo y crudo, como el último suspiro de algo que no se atreve a morir.

Dicen en San Jacinto que cada noche, cuando el viento sopla desde el monte y el silbido de El Silbón se pierde entre las sombras, una figura encorvada camina por los linderos del pueblo. Nadie se acerca, pero todos lo ven: un hombre doblado por un peso que no se puede ver, arrastrando los pies como si cargara el pasado de generaciones enteras.

Los más viejos dicen que es Víctor, condenado a recorrer el mismo camino que trazaron las lágrimas de aquellos que despojó. Lo han visto detenerse frente a los campos que un día arrebató y quedarse inmóvil, mientras la tierra se llena de flores blancas al amanecer. Son flores pequeñas, frágiles, que nadie se atreve a tocar porque las consideran sagradas. Según los ancianos, esas flores son el perdón que la tierra ofrece solo a quienes tienen el valor de enfrentarse a su culpa.

Los niños del pueblo ya no temen al silbido en la noche.

Han aprendido que el verdadero espanto no está en los fantasmas que cargan huesos, sino en los vivos que caminan libres de conciencia. En las escuelas, junto a las tablas de multiplicar y los versos de los poetas, aprenden que la tierra tiene memoria y que cada cruz de ceniza que sus familias trazan en las puertas es un escudo, pero también una promesa de justicia.

En San Jacinto, donde el viento canta historias más antiguas que el dolor, la justicia no es un sueño que desaparece con el amanecer. Es una semilla plantada en el corazón de quienes se atreven a recordar. Y mientras exista un anciano que dibuje una cruz de ceniza con manos temblorosas, o un niño que mire al horizonte buscando un futuro diferente, el peso de los huesos seguirá siendo un recordatorio: no de lo que dejaron atrás, sino de la fuerza que tuvieron para soportarlo, mientras el viento sigue susurrando historias que solo los valientes se atreven a escuchar.

Armas Cotdianas

Silas Dakar

Sueños y Metáforas

Silas Dakar

Capítulo Dieciséis

El Último Sueño de Juan

El sabor del mar persistía en los labios de Juan como un recordatorio perpetuo de su identidad. Regresaba de otra jornada extenuante, su red cargada más de decepciones que de peces, sus manos curtidas por años de batalla contra las olas contaban historias que su voz nunca había pronunciado.

Mientras aseguraba su barca a los postes del muelle,

un murmullo lejano captó su atención. Una multitud se arremolinaba alrededor de una figura que parecía irradiar luz propia: un hombre alto y delgado, de mediana edad, cuya sonrisa tenía el poder de desarmar hasta al más cínico de los escépticos. Vestía ropas blancas inmaculadas y hablaba en una lengua que para Juan resultaba tan misteriosa como las profundidades del océano. Su infancia, consumida por las necesidades del mar y la supervivencia, no le había permitido conocer más mundo que el que se divisaba desde su playa.

Impulsado por una curiosidad que ni él mismo comprendía, Juan se abrió paso entre la multitud como quien navega contra la corriente. Al llegar junto al orador, se encontró con una mirada que parecía contener toda la bondad del cielo. Intrigado, buscó entre los seguidores a alguien que pudiera traducir aquellas palabras enigmáticas. Un hombre que se presentó como Simón Pedro le explicó: "El maestro habla del amor universal, de la paz entre los pueblos, de la paciencia que sana las heridas del mundo. Nos enseña que la riqueza debe fluir como el agua, llegando a todos los rincones sedientos de justicia".

El maestro, con esa intuición que solo poseen los verdaderos líderes, reconoció en Juan algo especial: tras su melancolía habitaba una pureza que rivalizaba con la de los ángeles. A través de su discípulo Santiago el Menor, le hizo llegar un mensaje que resonaría en su corazón: "Joven pescador, abandona tus redes y únete a nuestra causa. Ya no pescarás peces, sino almas". Aquellas palabras, como un anzuelo invisible, atraparon el espíritu de Juan, quien sin dudarlo decidió seguir aquel nuevo rumbo.

Su viaje hacia el norte fue un despertar de los sentidos. Los acantilados se alzaban como guardianes de un paraíso terrenal, mientras los ríos cristalinos entonaban melodías nacidas del corazón palpitante de la tierra. Juan observaba maravillado cómo la influencia del maestro crecía: cada aldea, cada pueblo, cada ciudad que visitaban se rendía ante su mensaje. Las barreras del idioma se desvanecían ante la fuerza de sus palabras, que parecían tocar una verdad universal en cada corazón que las escuchaba.

El sur, sin embargo, les reveló el rostro más sombrío del mundo: ríos que cargaban la vergüenza de la contaminación, bosques que susurraban su agonía en un silencio desgarrador, tierras que habían olvidado cómo dar vida. Pero incluso allí, entre la miseria más descarnada, el mensaje del maestro encontraba tierra fértil en almas hambrientas de esperanza.

Poco a poco, Juan fue desentrañando los misterios de aquella lengua que parecía abrir todas las puertas. Pero cuando llegaron a la tierra natal del maestro, algo cambió. Las ciudades se alzaban como monumentos al poder, y el discurso que tanto lo había cautivado sufrió una metamorfosis inquietante. Ya no se hablaba de amor universal ni de justicia social; ahora las palabras giraban en torno a la expansión del dominio, la necesidad de protección y el fortalecimiento militar.

La tristeza se filtró en el corazón de Juan como agua salada en una herida abierta. El aroma del mar comenzó a llamarlo con más fuerza que nunca; anhelaba el rítmico vaivén de su barca, la leal firmeza de su ancla y la inquebrantable certeza de su brújula. Añoraba la sonrisa gastada de su padre, la casa de su hermano donde la arena se colaba por cada rendija, la voz de su madre que parecía mecer el aire como una canción de cuna.

"Esto de pescar hombres no es para mí", pensó mientras se alejaba por las amplias avenidas de aquella ciudad rígida. Entre el bullicio ensordecedor de la multitud, escuchó por última vez la voz del maestro: "Make American Great Again".

Juan sonrió con amargura: no importaba el idioma ni la tierra, todos los salvadores terminaban predicando el mismo sermón. Entonces comprendió que algunos sueños, como peces esquivos, es mejor dejarlos deslizarse libres en el vasto mar de la memoria.

Capítulo Diecisiete

El Sueño de Julián

El rugido de las máquinas era la música constante en la vida de Julián. Durante quince años, había trabajado en aquella fábrica donde el tiempo se medía en golpes metálicos y chirridos de engranajes. El sudor de los obreros se mezclaba con el aceite que goteaba de las máquinas hambrientas, mientras el calor sofocante hacía de cada respiración un esfuerzo deliberado. Julián conocía cada sonido, cada vibración, como un padre distingue la respiración de su hijo dormido.

Pedro, su compañero de turno desde hacía una década, solía decir que la fábrica era una bestia que se alimentaba de sus vidas. "Mira mis manos, Julián," decía, mostrando sus dedos encallecidos y marcados por cicatrices. "Cada marca es un día que la bestia tuvo hambre." Con cinco hijos en casa, Pedro veía en esas marcas el precio que pagaba para mantenerlos.

Durante los turnos nocturnos, cuando el mundo exterior dormía, Julián observaba el baile mecánico de pistones y poleas desde su puesto en la línea de ensamblaje. Veía cómo Manuel, el más joven del turno, luchaba por seguir el ritmo implacable de la producción. Los nuevos siempre empezaban así: asustados, abrumados por el monstruo que nunca descansaba. Pocos duraban más de un mes.

En los escasos descansos, Julián se refugiaba en un rincón apartado del comedor, donde el ruido se convertía en un eco distante. Allí sacaba un cuaderno gastado del bolsillo de su overol y dibujaba. No eran simples garabatos; eran planos detallados de una fábrica distinta. Ventiladores industriales para combatir el calor, guardas que protegieran las manos de los trabajadores, áreas de descanso iluminadas por luz natural. Cada diseño nacía de una necesidad que había presenciado, de un dolor compartido.

El cambio comenzó una noche húmeda de verano.

Manuel, exhausto tras un doble turno, metió la mano en la prensa hidráulica un segundo antes de que bajara. Su grito atravesó la fábrica como un relámpago. Por suerte, solo fueron dos dedos rotos, pero podrían haber sido todos. Podrían haber sido sus sueños de ser guitarrista. Podrían haber sido su vida.

Esa misma noche, Julián sacó su cuaderno y comenzó a escribir. No era una simple queja; era un manifiesto detallado, respaldado por años de observación. Cada página contenía un problema y su solución, cada párrafo llevaba la urgencia de quien ha visto demasiado sufrimiento.

—¿Estás loco, Julián? —susurró Pedro cuando le mostró la carta, su rostro dividido entre el miedo y la esperanza—. Con cinco bocas que alimentar, no puedo arriesgarme a perder esto.

—Ya perdimos a Torres y a Ramírez el mes pasado —intervino Manuel desde su silla, con los dedos vendados como un recordatorio silencioso—. ¿Cuántos más tienen que caer?

—Las máquinas nos están devorando vivos —respondió Julián, doblando la carta con determinación—. ¿Qué prefieres, Pedro? ¿Morir callado o vivir de pie?

La carta enfrentó obstáculos en los pasillos de la gerencia, pero la semilla ya estaba plantada. En los rincones oscuros de la fábrica, entre el vapor y el ruido, los trabajadores comenzaron a reunirse. Las palabras de Julián resonaron en aquellos que, como él, soñaban con dignidad.

La amenaza de una huelga fue el primer golpe. La

cobertura mediática, el segundo. La gerencia, acorralada entre la mala publicidad y la posible intervención gubernamental, comenzó a ceder. Primero instalaron guardas de seguridad, luego mejoraron la ventilación. Los turnos se acortaron y las áreas de descanso se transformaron en lugares más humanos. La bestia empezaba a ser domada.

Diez años después, Julián observaba la fábrica desde la acera opuesta. El edificio seguía en pie, pero algo había cambiado. A través de las ventanas, veía los brazos robóticos moviéndose con precisión milimétrica, incansables y eficientes. Donde antes había rostros cansados pero humanos, ahora había pantallas y sensores. Su antiguo puesto lo ocupaba una máquina que nunca se quejaba, nunca soñaba, nunca imaginaba un mundo mejor.

Pedro pasó a su lado, cargando una bolsa de supermercado. Ya no trabajaba en la fábrica; nadie de los antiguos lo hacía.

—¿Sabes qué es lo irónico, Julián? —dijo con una sonrisa triste—. Luchamos por condiciones más humanas y terminamos siendo reemplazados por máquinas que no necesitan condiciones en absoluto.

Julián asintió en silencio. El rugido amortiguado de la fábrica automatizada llegaba hasta ellos como una carcajada metálica. En su bolsillo, el viejo cuaderno de sueños pesaba como una lápida.

—Nos ganamos los derechos —murmuró—, pero perdimos el trabajo.

Las luces de los robots seguían parpadeando tras las ventanas, indiferentes a la dignidad o los derechos, ejecutando sin descanso el trabajo que una vez perteneció a hombres que se atrevieron a soñar con algo mejor.

Capítulo Dieciocho

El Tren de los Sueños

(A Lucas Dakar, mi hermano. Por todas las historias que nacieron entre vías y estaciones, por los trenes que nos vieron crecer y los que aún esperan en algún andén olvidado olvidado.)

En el pueblo, donde las noches eran tan largas como los silencios, algo inexplicable sucedía al caer la oscuridad. En el corazón de las viejas vías abandonadas, aparecía el Tren de los Sueños. Pasaba cada noche a la misma hora, su silbido distante cruzaba el aire como un eco del pasado, anunciando su llegada con un fulgor espectral en sus vagones. Decían que quienes abordaban el tren podían revivir un momento crucial de su pasado, pero aquel regalo llegaba envuelto en sombras, con un costo que solo el alma podía calcular.

Lucas, un hombre cargado de silencios y de ausencias, había escuchado historias del tren desde niño. Pero solo cuando Memín, el mejor de sus amigos, se perdió entre las sombras de una trifulca nunca aclarada, el murmullo del tren comenzó a llamarlo. Una noche, con el peso del arrepentimiento apretándole el pecho, decidió abordar.

La primera vez, el tren lo llevó a aquella tarde fatídica. Revivió cada palabra dicha y no dicha, cada gesto que ahora le pesaba como una cadena. Cambió el desenlace, pero al regresar al presente, sintió que el alivio era fugaz. El dolor del pasado había mutado en otro distinto, pero igual de punzante.

Volvió a abordar el tren, esta vez para enfrentar una herida con su padre. Al regresar, descubrió que el peso de aquel nuevo recuerdo no remplazaba el anterior, sino que se sumaba a él, como si el tren le mostrara que el dolor es una constante que se transforma, pero nunca se disipa.

Finalmente, una noche, mientras el tren se aproximaba con su característico rugido, Lucas se detuvo en el andén y observó las luces que iluminaban los vagones vacíos. Entendió que el pasado, por más que lo reescribiera, solo traía consigo nuevas formas de un dolor que nunca lo abandonaría por completo. Con un suspiro profundo, dejó que el tren siguiera su camino sin él. "No va más, al carajo los rieles," lo dejó escapar como un conjuro que se disolvió en la penumbra, mientras el eco del silbido se perdía en la noche.

Al amanecer, Lucas caminó hacia el pueblo con una extraña sensación de alivio. Había decidido quedarse en el presente, aceptando que el dolor es parte del trayecto, pero no el destino final. Desde entonces, el Tren de los Sueños siguió apareciendo, pero para Lucas, su silbido ya no era un llamado, sino un recordatorio de que a veces, la verdadera paz está en aprender a vivir con las cicatrices que nos forjaron.

Capítulo Diecinueve

La Fe en la Incertidumbre

El sótano de la vieja iglesia olía a humedad y secretos. Ernesto observaba las sombras de sus compañeros proyectadas en las paredes de piedra, preguntándose si sus dudas eran una traición o la forma más honesta de lealtad. Manuel, el líder del grupo, hablaba de justicia y revolución con la seguridad de un profeta, mientras las velas dibujaban aureolas en las paredes descascaradas.

—La victoria está cerca —proclamaba Manuel, sus palabras resonando entre los arcos antiguos—. El pueblo despertará.

—¿Y cuándo despertará el pueblo? —preguntó Ernesto, levantando la mirada—. Porque he escuchado esas palabras toda mi vida, y nada cambia.

Manuel se detuvo, su ceño fruncido proyectaba una sombra sobre las paredes.

—¿Dudas de nuestra causa, Ernesto? —replicó con voz firme.

—No dudo de la causa —contestó Ernesto—. Dudo de nosotros, de nuestros métodos. ¿Y si solo estamos perpetuando un ciclo?

El silencio que siguió fue denso como niebla. Las velas parpadearon, y un murmullo incómodo recorrió el sótano.

—La duda es lujo de cobardes —espetó Ricardo, el más joven y fervoroso—. Si no puedes creer, mejor lárgate.

Julia, que había permanecido en silencio, emergió de las sombras con un cigarrillo encendido.

—La duda —dijo, exhalando una nube de humo—, es el único camino a la verdad. Mi hermano también dudaba, y sus dudas lo guiaron hasta su último aliento.

Todos se volvieron hacia ella. Julia tomó asiento junto a Ernesto, y su voz se tornó más suave pero cargada de determinación.

—La noche antes de que lo mataran, me dijo: "Prefiero

morir dudando que vivir creyendo mentiras."

Durante las semanas siguientes, las dudas de Ernesto se transformaron. Ya no eran cadenas que lo paralizaban, sino brújulas que lo guiaban hacia preguntas más profundas. En cada reunión, mientras otros gritaban consignas, él aprendía a escuchar los silencios entre las palabras.

La noche de la acción final, cuando todos estaban listos para moverse, Ernesto se puso de pie.

—Quizás no tengamos todas las respuestas —dijo, mirando a cada uno de sus compañeros a los ojos—, pero es mejor dudar de pie que vivir de rodillas.

Julia sonrió desde su rincón. La revolución, después de todo, no necesitaba creyentes ciegos, sino almas que se atrevieran a cuestionar.

Capítulo Veinte

Los Fragmentos del Viento

El viento llevaba secretos que solo Lía parecía notar, quizá porque ella misma guardaba uno: la ausencia de su madre, quien se había marchado como una hoja más en el viento otoñal, dejando solo el eco de promesas sin cumplir. Desde entonces, cada papel perdido que encontraba enredado en ramas o girando entre las piedras le parecía un mensaje en busca de su destino, como aquellas últimas palabras que nunca llegó a escuchar.

Los recogía con cuidado y los guardaba en una caja de madera labrada junto a su cama, herencia de su madre. Algunos eran blancos como el primer aliento del invierno, otros amarillentos como pergaminos antiguos, y otros teñidos de tonos suaves, como si hubieran absorbido las luces del amanecer o del crepúsculo. Cada papel, pensaba Lía, llevaba consigo un fragmento de vida, una historia interrumpida que merecía ser protegida.

Una tarde, el viento caprichoso la llevó hasta una colina donde se alzaba una torre olvidada. Sus ventanas en espiral parecían vigilar el horizonte, y el aire susurraba entre las grietas, como voces que llamaban. Lía sintió un escalofrío, pero la curiosidad venció al miedo.

La puerta de madera crujió al abrirse, revelando un interior bañado por la luz dorada del atardecer. En el centro, rodeado de estanterías que llegaban hasta el techo abovedado, un anciano revisaba papeles con la paciencia de un relojero examinando engranajes. Las estanterías estaban organizadas por colores: azules como lágrimas, blancos como suspiros no pronunciados, amarillos como recuerdos marchitos, y rojos como promesas ardientes.

Cuando Lía cruzó el umbral, una tabla crujió bajo sus pies. El anciano levantó la mirada y esbozó una sonrisa breve, como el parpadeo del sol entre las nubes tras la lluvia.

—¿Por qué guardas tantos mensajes? —preguntó ella

en un susurro.

El anciano tomó un papel lavanda, pasando sus dedos nudosos por su superficie como si descifrara un lenguaje secreto.

—Porque cada uno es un fragmento de alma, pequeña coleccionista —respondió con voz suave, gastada por el tiempo—. Como tú, sé que algunos necesitan vagar antes de encontrar su lugar.

Lía sacó un papel rosado de su bolsillo.

—¿Y si nunca llegan a donde deberían?

El anciano la miró con ojos profundos, como si contuvieran la memoria de muchas vidas.

—Nada que se dice al viento se pierde. A veces, el mensaje no es para quien creemos, sino para quien lo necesita encontrar.

Lía frunció el ceño, sus dedos jugando con el dobladillo de su suéter.

—¿Cómo sabes si llega a quien lo necesita?

El anciano se levantó con calma y se acercó a una ventana en espiral. La luz del atardecer teñía su cabello de oro.

—Ven —dijo, tendiéndole un papel en blanco—. Escribe algo y descúbrelo por ti misma.

Con manos temblorosas pero decididas, Lía escribió: "Estoy aquí. ¿Me escuchas? Te extraño cada día." Subió los escalones de piedra hasta la ventana más alta, donde el viento era más fuerte, y soltó el papel.

Lo observó elevarse, bailar en el aire y brillar con los

últimos rayos del sol, hasta que desapareció en el horizonte encendido de fuego y oro.

—¿Y ahora? —preguntó, volviéndose hacia el anciano con ojos llenos de lágrimas contenidas.

—Ahora —respondió él con una sonrisa serena—, escucha.

El viento aumentó su intensidad, haciendo que los papeles en las estanterías susurraran como voces antiguas. Y entre esos murmullos, Lía creyó escuchar algo familiar, una voz que recordaba de sus sueños: "Siempre te escucho, mi pequeña coleccionista de historias."

Esa noche, al llegar a casa, abrió su caja de madera labrada. Uno por uno, fue liberando los papeles que había guardado durante tanto tiempo. Los vio volar bajo la luz de la luna, cada uno brillando como destellos fugaces en la penumbra.

El último que soltó fue un papel del color exacto de los ojos de su madre. Lo vio elevarse y, por un instante, pareció dibujar la silueta de un abrazo antes de desvanecerse en la noche estrellada.

Desde entonces, Lía siguió encontrando papeles perdidos, pero ya no los guardaba. Los leía, los liberaba, y algunas tardes subía a la torre a tomar té con canela con el anciano. Juntos observaban los mensajes danzar en el aire, llevando historias incompletas hacia sus destinos invisibles.

"A veces," le había dicho el anciano, "soltar algo es la única forma de encontrarlo." Y Lía, finalmente, entendió que algunas historias necesitan quedar incompletas para que otros puedan escribir su final.

Armas Cotdianas

Silas Dakar

Acerca del Autor

Silas Dakar es un escritor y ensayista dedicado a examinar la condición humana con un equilibrio entre rigor analítico y narrativa evocadora. Sus obras exploran el poder, la identidad y la transformación social, conectando perspectivas históricas con el presente. Ya sea a través de ensayos reflexivos o cuentos envolventes, Dakar invita a los lectores a descubrir nuevas perspectivas sobre las complejidades del mundo y su lugar en él.